رواية

باب القصبة

د. جُمان الريحاني

إهداء إلى القصبة وروح القصة

إهداء إلى أهل القصبة وبيوت القصبة وشوارع القصبة

إهداء إلى كل شارع وزقاق يذكرنا بالتاريخ القديم والعتيق لتلك المدينة التي تسكن

خيالنا وذاكرة كل شخص منا

إهداء إلى الأميرات والأمراء وإلى كل التاريخ العتيق للقصبة، والعاشقات والعشاق

ففي الحب لا توجد فوارق ويجب الخضوع للحب وقوته

إهداء إلى الحب الحقيقي والتضحية في سبيل الحب

جمان الريحاني

بداية المشوار

كان يا ما كان في زمان كان في بلاد في شمال إفريقيا، في بلاد جميلة هي الجزائر.

كان هناك شاب اسمه حسان، حسان ابن السابعة والعشرون عاما، هو شاب يحاول بكل جهده أن يكمل دراسته، ويعمل على رسالة ماجستير.

ولكي يكمل دراسته كان عليه التنقل إلى المكان الذي هو موضوع دراسته.

موضوع رسالته عن القصبة، ومدينه القصبة هي مدينة في الجزائر العاصمة، الشمال الجزائري وحسّان يعيش في مدينة تلمسان في الغرب الجزائري، ولم يكن من سكان العاصمة وليس له علاقة حقيقية بمدينة القصبة التي هي موضوع رسالته.

وهذا ما جعل حسان يقرر السفر إلى الجزائر العاصمة لكي يزور المدينة التي يجري أبحاثه في رسالته عنها، وعندما قام بزيارة المدينة لأول مرة وقد كانت رحلة طويلة بالنسبة إليه من تلمسان إلى الجزائر العاصمة وتحديدا إلى القصبة.

فقد قضى ساعات طويلة في الحافة حتى وصل الجزائر العاصمة.

فوجد أمرا وهو أول ما لفت انتباهه.

عندما زار القصبة وجد بابا عنده عين ماء وراء العين رسم على الحائط لقصر وراء حديقة.

لقد كان لدى حسّان حسّ فنان فقد كان مرهف الإحساس، وكان يحب الفن عموما ولكنه لم يكن فنانا بل كان باحثا يجري بحثه من أجل رسالة الماجستير الخاصة به.

ولكن حسّه الفني جعله يعجب بتلك اللوحة الجدارية التي وراء عين الماء التي هي أمام الباب.

لقد كان شكل باب ولكنّه ليس بالفعل باب ولا يمكن فتحه ولا يؤدي إلى أي مكان بل كان جدار على شكل باب وفي داخل الإطار الخاص بالباب يوجد الرسم الكبير على الجدار.

كان كل الناس يشربون الماء من تلك العين ثم يواصلون سيرهم، كانت وكأنها عين ماء للسبيل، تروي عطش المارّة والسائلين، والظمآنين.

ومجرّد مراقبة الناس يتهافتون على النهل منها كان وحده حافزا لكي يشعر حسّان ببعض العطش ورغبة كبيرة في أن يتقدم إلى تلك العين.

فشرب حسان من تلك العين، ولكن الغريب انه تهيأ له أمر ما في تلك اللوحة الجدارية.

لقد رفت عينه واعتقد بأنه رأى شيئا في اللوحة.

وكان شيئا ما قد تحرك في اللوحة.

وطبعا هذا أمر غير معقول.

ولكن لقد تهيأ لحسّان وكأنه قد رأى فتاه في شرفه القصر، لم يكن متأكدا وهذا ما جعله يقف مطوّلا أمام اللوحة ليرى جيدا.

لقد كانت اللوحة عبارة عن حديقة وقصر وشرفة كبيرة تظهر جيدا، لأن القصر كان واضحا والشرفة أيضا.

ولكن حسّان قد رأى فتاة تقف في الشرفة، ولم يسبق لأحد أن رأى شخصا في اللوحة إلّا حسان.

ولم يتوقف الأمر عند هذا الحد بل إنّ حسّان قد رأى تلك الفتاة ورآها وكأنها تتحرك.

فهل يعقل هذا؟

فتاة في اللّوحة لم يرها أحد من قبل.

واللّوحة هي هناك منذ زمن بعيد، لوحة جامدة لقد كان رسما فكيف قد رأى فيها شخصا يتحرك وقد تأكّد بأنّ ذلك الشخص فتاة.

فتاة اللّوحة

راح حسّان يتأمل الرسم ويأخذ له صورا من أجل أن يتأكد، ويقوم بتكبير الصور في آلة التصوير، ليرى تلك الفتاه جيدا، وبكل وضوح.

لكن كانت الفتاة وكأنها تتحرك من صورة إلى أخرى، وهذا أمر غريب في ذلك الرسم على الجدار.

كان حسان يذهب إلى الفندق الذي أجّر فيه غرفة في نفس المنطقة في القصبة.

كان الأمر أقرب إلى الجنون فكيف يعقل ما يحدث لقد بدا وكان حسّان قد جنّ وهو يطارد الفتاة من صورة إلى أخرى.

بدأ رحلته عن عين القصبة والباب الذي وراءها، لقد كان يبحث في الكتب والمجلات والمكتبات في العاصمة، وتحولت رحلته التي كان يعتقد بأنها سوف تستغرق يومين إلى عدة أيام.

قرّر حسّان البقاء في العاصمة لأيام أخرى لكي يبحث ويجري بحوثه الميدانية، فكان يفكّر في أن يجلس في المقاهي في القصبة مع كبار السّن ويطرح كل أسئلته عن تلك العين وهل وراءها قصه وحكاية؟

لقد اعتبر حسّان أن الأمر خارج عن المعقول وسوف يثير بلبلة بذكره لأي أحد.

لم يتمكن من العثور على أيّة معلومات ولا بأي مكان عن تلك اللوحة أو الجدارية ولا اسم القصر ولا أيه معلومة عن الفتاه في الشرفة والتي تمكّن من رؤيتها

في صوره التي التقطها، ولكن كيف سيسأل عنها أي احد.

لقد كان الأمر غريبا وليس من السهل أن يطرح على أيّ شخص أو السؤال عنه.

لم يكن لديه الشجاعة ولا المقدرة على طرح سؤال غريب كهذا على الناس، فهو نفسه لم يكن ليقتنع بمثل هذا الأمر، ولو تم طرحه عليه من قبل أي شخص قريب كان أو بعيد لأعتبره ضرب من الجنون.

ولكنه صدّق الأمر وآمن به وأراد أن يبحث فيه، لقد كانت لديه خِصلة الباحث ويبدو أن البحث أصبح يجري في دمائه، لأنه كان متعطشا للمعلومة ولا يهمه التعب أو المشقّة للحصول عليها.

قرر حسّان البقاء في العاصمة لمده أطول وقد أثارت اهتمامه تلك الجداريه وتعلّق بقصتها المخفية، أحيانا كان يعود وينكر ما رآه في اللوحة ثم يعود ويشاهد الصور فيجد بأنه على حق.

عندما كان يضع عينيه على العدسة كان يرى بوضوح، ولكنه عندما أظهر الصور لم تكن بنفس الجودة، فالصور لم تكن تظهر تفاصيل الفتاة التي في شرفة القصر جيّدا.

لقد كانت تبدو (الفتاة) وكأنّها فقط عيب في الصورة، وكأنّها مجرد بقعة أو لطخة على الصورة وليست حقا فتاة، ولكنّه أخذ لها صورا أكثر من مرة وكانت كل الصور متشابهة.

لو كانت الفتاة تبدو مثلما رآها حسّان لأنتبه لها كل الناس لأن اللوحة في ذلك المكان منذ سنين طويلة وقد مرّ عليها مئات من الناس بل الآلاف.

عندما كان يطرح الأسئلة لم يكن يجد ما يقوله عن تلك البقعة أو الخطأ الذي في الصورة.

بعد أن تمكن حسّان من رؤية الفتاة بكل وضوح لم يعد يرى تلك النقطة أو البقعة على أنها مجرد بقعة، لقد أصبح مقتنعا بأن فتاة هناك يمكنه أن يراها بعينيه بكل وضوح، أو ربما هو يراها بقلبه أو بروحه.

فالأرواح النقيّة تدرك أمورا لا تراها أعين الناس العادية.

لم يكن يريد أن يقول الأمر بكل صراحة، كما أنه لم يكن يريد أن يثير بلبلة بالكلام الذي من الممكن قوله عن الفتاة والصورة، وهو لا يعرف الحقيقة بعد.

رحلة البحث الجديدة

أصبح حسّان يذهب إلى تلك العين كل يوم، ويأخذ معه دفتر ملاحظات، لكي يدوّن له كما يراه أو ما يعرفه عن تلك العين وربما ما يسمعه من بعض المارّة، أو حتى ما يشعر به، وآلة التصوير وبعض الطعام ويقضي وقته هناك بالساعات.

بدا وكأن حسّان قد اتجه اتجاها آخر، فكأنّه لم يعد يقوم بعمله من أجل البحث وإنما أصبح عمله هذا نابع من الفضول الذي ينتابه.

أمّا في الليل فقط كانت تزوره أحلام كثيرة ينساها عندما يستيقظ فورا.

وإذا تذكّر حلما فانه لا يفهمه، لقد كان يدخل إلى أماكن كثيرة في أحلامه وأحيانا لا يستطيع الخروج منها، تلك الأماكن كانت تشبه بعضها البعض، لا فرق بين بدايتها ونهاياتها.

وكأنّه يدور في نفس الحلقة أو في متاهة لا بداية لها ولا نهاية.

لقد كان يشعر بالتيهان والضياع داخل تلك الأماكن في أحلامه وكلّما كان يبحث عنه هو مخرج وكلما كان يريده هو الخروج من ذلك المكان.

ذلك المكان المخيف والذي يطبق على أنفاسه، والذي يشبه إلى حد كبير السجن، فالسجن هو المكان الوحيد الذي لا يستطيع الشخص الخروج منه بسهولة ولكنّه لم يكن ليجد حتى المخرج في أحلامه.

كانت الأحلام مخيفه بعض شيء لأنه في كل حلم يريد الخروج ولا يتمكن من إيجاد مخرج.

في أحد الأيام لاحظ حسّان بأنّ الفتاه غير موجودة هناك في الصّورة، لم يعلم لما حدث ذلك وفجأة وبينما هو جالس هناك عند العين.

العين التي كانت تعتبر في مكان عام وكثير من الناس يتوجهون إليها، كما أنّه كانت هناك مقولة "بأنّه من يشرب منها يعود إليها حتما".

كما أنّ "مياهها" تشفي من بعض الأمراض، فقد كان يأتي إليها الكثير من الناس طلبا للشفاء الذي هو موجود في المياه المباركة كما يقولون.

لم يكن أحد يعرف حقيقة الأمر أو سرّه إلا أنّهم كانوا يؤمنون بقدرتها الشفائية.

فقد كانت عينا مباركة.

لقد كان للعين حكمتان، حكمة العودة من جديد، وحكمة الشفاء من الأمراض، وهذه هي بركتها التي توزع على الناس وعلى كل عابري السبيل.

لقد كانت عين تحمل الخير وتتدفق بالخير دائما.

الشيخ المبروك

وفي أحد الأيام بينما حسّان جالس هناك قرب العين التي كان يتنافس عليها الناس.

التي سمع عنها من حيث هو، فهو كان من مدينه قسنطينة، وقد جاء في رحلة كان يعتبرها رحلة العمر لأنها رحلة كان يقوم بها لأوّل مرّة في حياته.

لقد كان الرّجل يصف هذه "برحلة المقامات" لأنّه كان لديه قائمه بالمقامات المقدسة، الأماكن المقدسة والأولياء الصالحين التي كان يطوف بها في الجزائر.

فقد كانت رحلته من الشرق إلى الغرب، ومن الشمال إلى الجنوب، والتي يقال عنها بأنّها عين مباركه مثلها مثل مياه "عين الفوارة" نافورة مدينة سطيف.

لم يكن حسّان يصدق كلام الرّجل، ولا كل ما يقوله له، ليس لسبب معين بل فقط لأنه لا يعرف الرّجل، ولكن الرجل أخبره بأمر غريب جعل حسّان يستمع لكلامه بإنصات.

لقد كان الأمر الذي لفت انتباه حسّان وجعله يلتفت إلى الرجل وينصت باهتمام إلى كلامه وما قاله عن العين.

يبدو أن الرّجل قد كان يعرف شيئا ما عن العين، فقد كان يكلم حسّان دون أن يطرح الأخير على الرّجل أي سؤال.

وكأن الرجل قد شعر بأن حسّان يجلس بجانب العين لأنّه مهتم بها أو مهتم بأمرها.

وكأنّ الرّجل يستطيع أن يعرف بعض الأمور دون أن يُسأل عنها.

فاجأ ذلك الرجل حسّان وقال له:

أنا أعرفك أيها الشاب.

حسّان:

تعرفني أنا؟

الشيخ المبروك:

نعم أنت؟

ولما عساك تتفاجأ هكذا؟

حسان:

لأنني لم يسبق أن رأيتك وأنا لم أزر قسنطينة يوما.

الشيخ المبروك:

لا .. أنت لم تفهم قصدي.

حسّان:

ماذا تقصد إذن؟

الشيخ المبروك:

أنا أعرفك حقا.

لقد رأيتك في منامي،

ليلة البارحة رأيتك أنت في حلمي

حسّان:

في حلم إذن.

لقد اعتقدت بأنك تعرفني حقا.

الشيخ المبروك:

لا تستهن بالأحلام يا بني.

إنّه حلم بل رؤيا.

والرؤى صادقة وحقيقية وتنبؤنا بالكثير.

حسّان:

لا.. حاشى لله..

أنا لست استهين بأي شيء، أنا فقط مستغرب من الأمر، ألا ترى أنت بأن الأمر قد يبدو غريبا.

الشيخ المبروك:

اسمعني في حلمي ليلة البارحة، لم أر وجهك بوضوح ولكن من خلال حلمي كنت أعلم بأنني سوف أجد شابا أمام العين.

وهو مرابط هنا منذ عدة أيام.

علمت بأنني سوف أجد شابا، يجلس هناك، مثلما تجلس أنت بالضبط.

استغرب حسّان في البداية من كلام الشيخ المبروك الذي كان غريبا.

ولكن بعد أن بدأ الشيخ المبروك في السّرد لبعض الحكايات عن رحلته أصبحت الرؤيا أكثر وضوحا أمام حسّان.

كان في جعبة الرجل الكثير من القصص والحكايات لسردها على حسّان.

لم يكن حسّان متحمّسا كثيرا، ولكن عينيه قد لمعتا حين أخبره الرجل قصّة.

والقصّة كانت عن العين.

لقد كان موضوع العين ما يشدّ انتباهه أكثر شيء في كل كلام الرجل الصالح، والذي كان كل كلامه غريبا، عجيبا

لقد كان شيخا صالحا يقصّ الحكايات الغريبة والمليئة بالأعاجيب.

حكاية العين

أخبره الشيخ المبروك بأنّه يعلم السرّ وراء إعجاب حسّان بالعين كما أنّه يعلم قصتها، فسأله حسّان وقال:

وهل لهذه العين من قصّة؟

وإن كان لها قصّة فهل أنت تعرف قصّتها حقا؟

أجابه الشيخ المبروك وقال:

جوابي على سؤالك هل للعين قصة هو

نعم ولا.

حسّان:

نعم ولا؟

الرجل:

أجل نعم ولا.

حسّان:

أنا لست أفهمك يا سيدي.

لقد كان جواب الرجل محيّر، فقد كان الجواب على النقيضين، وهذا ما جعل حسّان يستفسر ويسأل لكي يفهم أكثر:

فسّر لي رجاء أريد أن أفهم.

وان كان للعين قصّة أريد أن أعرفها.

الشيخ المبروك:

الجواب بسيط.

أنت فقط لم تستطع أن تستوعب بأن الجوب هو نعم،
وفي نفس الوقت لا.

حسّان:

كيف ذلك.

الرجل:

هناك قصة لهذه علاقة بالعين ولكنها ليست عن العين
بالذات.

إذن الجواب هو:

نعم، أي أن هناك بالفعل قصة.

ولا، أي أن القصة ليست عن العين بالذات.

حسّان:

عن ماذا إذن؟

الرجل:

القصّة التي في جعبتي هي عن علاقة وطيدة بالعين ولكنها ليست عنها، بل هي عن اللوحة الجداريه التي وراء العين.

حسّان: (وهو يبتسم)

عن اللوحة الجدارية؟

الرجل:

أجل.

سُرّ حسان بما سمعه لأنه لم يجد أحدا يعلم شيئا عن اللوحة حتى أنّه لم يجد أدنى معلومة في الكتب التي قرأها ولا في المكتبات التي زارها.

وهكذا جلس حسّان وكأنّه طفل صغير يجلس أمام جدته التي تسرد له الحكايات، وطلب من الشيخ المبروك أن يخبره بكل التفاصيل، ومهما كانت بسيطة أو صغيرة أو تبدو غير مهمة.

فكان سؤال الشيخ المبروك سي رابح لحسّان وعلى الجواب سوف تكون الإجابة، فسأله سي رابح وقال:

هل أنت مهتم باللوحة أم بمن في اللوحة؟

هنا بدت علامات الذهول تظهر على حسان.

وسأله حسّان وقابل السؤال بسؤال وقال:

هل هناك شيء أو أحد في اللوحة؟

أجابه سي رابح قائلا:

اسمع يا حسّان أنا لا يحب اللّف والدوران، ولا الكلام المبهم، فأنا رجل واضح وأحب الوضوح.

ثم أعاد سؤاله لحسّان بطريقه أخرى وقال:

هل أنت مهتم باللوحة أم بمن في داخلها؟

فإن كنت مهتما باللوحة سوف أحكي لك حكاية من رسمها؟ ومتى رسمها؟ ولما رسمها؟

وان كان سؤالك عن من بداخلها، في تلك الحالة فإن الجواب سوف يتجه إلى جانب آخر، وزمن آخر، أو حتى إلى أمور غير منطقيه ولا معقولة أو مقبولة.

أراد السيد رابح أن يسمع من حسّان ما يريده بالفعل، وبكلام مباشر، لكي يجيبه فيما بعد على سؤاله.

اعتذر حسّان لأنه لاحظ بأن الشيخ المبروك سي رابح بدا وكأنّه غاضب قليلا من طريقة حيان في الحوار، حيث شعر بأنه قد أخطأ في جوابه أول مرة، وأزعج سي رابح، فانتقى كلماته وأجاب جيدا هذه المرة.

وقال:

في البداية كنت مهتما باللوحة ولكن عندما لاحظت وجود شيء غريب فيها أصبحت مهتما جدا بما فيها

وأنا مهتم بالسّر الذي وراء ذلك.

وأريد أن أعرف ما إذا كان ما رأيته صحيحا وحقيقيا

هنا أصبحت الصورة أكثر وضوحا.

لقد كان حسّان قد اقترب من كونه مجنون، فقد جنّ بموضوع غامض، ولا أحد يعلم عن ذلك الموضوع شيئا فقد كان الأمر أشبه بالهلوسة والهذيان.

أمّا اليوم فالموضوع الغامض يكاد يصبح واضحا، ها هو اليوم قد وجد من يضع له النقاط على الحروف.

بدا الرجل سي رابح يسرد قصّة اللوحة وما فيها لحسّان من البداية، ومن أول لقطة منذ زمن بعيد حيث حدثت أحداث كثيرة أدّت إلى خلق هذه اللوحة.

وقال:

من رسم اللوحة هو الرسام الفرنسي "جون بيار ماري"

وقد كان رسّاما هاويا ومحبا للرسم كثيرا، كان هذا الرسّام قد جاء إلى الجزائر في زيارة.

وراح يتجول ويرسم بعض لوحاته في القصور والساحات، وقد كان مبهورا بالجمال العمراني والطبيعي.

وفي يوم وبينما هو يتجوّل في ساحة المدينة لمح الأميرة "بدور" ابنة أمير العاصمة، وقد نالت إعجابه بوجهها وملامحها الشرقية وشعرها الداكن ولباسها التقليدي الرائع.

كانت الأميرة "بدور" تأخذ جولة في سوق المدينة في يوم يسبق احتفالات كانت ستقام، وقد أعلن عنها في كل المدينة، لقد كانت إحدى الأعياد التقليدية.

ولكنّه ولأنه ليس من البلاد فقد أطال النظر إليها، حتى حفظ في ذاكرته وجهها، وشكلها، وحتى لون لباسها وتفاصيلها، لقد كانت لديه نباهة وذاكرة فنان.

لم يكن من المباح رفع رأس أي شخص من العامة إلى الأميرة.

وممنوع حتى إطالة النظر إليها ولكن "جون بيار" قد فعل مالا يفعله عامه الناس فقط لأنه لم يكن من المنطقة ولا يعرف القوانين.

كانت لتتم معاقبته ومعاقبه كل مخالف للقانون.

ولكن "جون بيار" لم يتوقف عند هذا الحد بل تجاوزه، فقد كان مصابا بحاله من الجمال، والتي تنفجر فنيا، وهذا ما جعل فنه ينفجر بلوحة تترجم جمال الأميرة.

هذا الأمر جعله يثير غضب كثيرين من العامة والأشراف، بل وقد تم إصدار أمر من القصر للحراس وطلب منهم إحضاره على الفور.

لم يفهم "جون بيار" منهم سبب تجاوزه للقوانين

هل الفن يعتبر تجاوزا للقانون؟

الفن والقانون

عندما تم توجيه السؤال إلى "جون بيار" وسُئِل عن سبب تجاوزه لقوانين المدينة.

لم يكن "جون بيار" يعلم فيما هو تجاوز القانون.

ولكنه عَلِم بأنه قد تجاوز القانون مرّتين، مرّة عندما نظر إلى الأميرة "بدور" بينما ينصّ القانون على عدم النظر إليها، وهذا خطأ واضح من جانبه، ولكن ربما يمكن أن يتم الغفران له نظرا لجهله.

والخطأ الثاني كان إن قام بالتطاول على سمعة الأميرة عندما قام برسمها وتجسيدها في لوحة، وهكذا يكون هو قد مسّ بشرفها وربما يستحق أقصى العقوبات.

كان جواب "جون بيار" بالنسبة للخطأ الأوّل أنّه كان يجهل القانون فعلا واعتذر وقدّم أشدّ اعتذاراته للأميرة ولوالدها أمير العاصمة وأيضا لكل الموجودين فأحنى رأسه واعتذر بحرارة.

أما بالنسبة للخطأ الثاني فقد كان جوابه كالآتي:

أنّه لا يتحكم في فنّه، وعندما يرى أمرا جميلا فإنّه يحاول تجسيده على لوحة من لوحاته.

كما أنّه كان جاهلا بالقوانين عندما قدم إلى المدينة، ولا يعلم أنهم يمنعون هذه الأمور ففي بلاده لا يتم قمع حرية الفنان.

كلام "جون بيار" لم يعجب أمير العاصمة ولا أشراف البلاد، الذين رأوا بأنّه يتحداهم من جهة ويعترض على سياستهم من جهة أخرى ويسخر من قوانينهم.

لقد تمّ إحضار "جون بيار" وأحضرت معه لوحته التي اشتهرت في وقت قياسي، إنها لوحة الأميرة "بدور".

كانت اللوحة كبيرة الحجم، وهي من القماش الصلب، والقماش مشدود على إطار خشبي، لم يكن "جون بيار" ليعيش من دون لوحات ولا من دون الرسم، وهذا ما جعله يقوم بصنع لوحات بنفسه.

فالأمر لم يكن لصعب عليه، لا لإيجاد القماش المناسب ولا الخشب المتوفر عند النجارين ولا لإيجاد الألوان ومختلف المواد.

الأمر الوحيد الذي كان يحمله معه من بلاده هو مجموعته الخاصة من فرش الرسم وهي مجموعة يعزها كثيرا.

كما كانت لديه عُلبةٌ من الألوان المائية والتي أحضرها معه من بلاده أيضا، لقد كانت علبة قديمة وما جعلها

تبدو أثرية هو كثرة استعماله لها واعتماد جون بيار عليها.

اللّوحة كانت كبيرة طولها يكاد يقارب طول الأميرة "بدور" كما أنّ الرسم في اللوحة يكاد يصرخ أو يخرج منه الأميرة "بدور" كأنّها هي هناك داخل اللوحة يوجهها شكلها وهيأتها وثيابها الجميلة، لقد كانت تشبهها كثيرا.

والتي كانت طولها متر و20سم وعرضها 75 سم

غضب الجمهور كان من الشبه الواضح بين الأميرة "بدور" ومن في اللوحة التي تكاد تظهر أنّها حقيقية، وليست مجرد رسم، هذا بالإضافة إلى وقاحة الفنان التي كانوا يروها في تجاوزه كل حدود الأدب واللياقة فكيف يقوم برسم الأميرة وبكل تلك التفاصيل.

من يرى اللوحة للمرة الأولى يعتقد بأن الفنان كان يعرف الأميرة لمدة طويلة من الزمن، فكيف له أن يجسد كل تلك التفاصيل الدقيقة.

كما أن اللوحة تفسح المجال لكل من يراها أن يتفحص الأميرة وهذا خارج عن نطاق المعقول.

إعدام الفن

لقد كان الأمر مثيرا لغضب الكثيرين بالإضافة إلى غضب أمير العاصمة ذات نفسه، والذي كان يرى بأن هذا الأمر مُخلٌّ بالأدب والحياء، وأيضا كان يرى بأن شرفه هكذا سوف يتلطخ.

قرّر أمير العاصمة وأيضا وافقه الأشراف على القرار الذي أخذه بشأن اللوحة.

كان أهم ما في الأمر التخلص من تلك اللوحة التي تكشف جمال ومفاتن الأميرة "بدور" وتجعلها عرضة للنظر والتفحص.

أمر أمير العاصمة الحرس بأن يتخلصوا من اللوحة وذلك بأن يقوموا بإشعال النار في ساحة القصر، وبحضور أشراف المدينة وبعض الأعيان، وان رموا اللوحة في النار الملتهبة بعد أن تصبح النار عالية.

لقد تم التخلص من اللوحة وأحرقوها أمام عيون الفنان "جون بيار" الذي لم يفعل شيئا حيال الأمر.

لقد اكتفى بالوقوف جامدا دون حراك، ولكن قلبه قد انعصر وكان يشعر بحزن داخل قلبه دون أن يُصرّح به.

لقد كان يعلم "جون بيار" بأنّه في بلد ليس ببلده، ولم يكن بإمكانه أن يُعبر عن غضبه أو اعتراضه بصوته العالي، كما أنّه لم يكن لديه حق في أن يعترض على قوانين المدينة.

قوانين ربما هو لا يفهما أو ربما لا يتفهمها، إنها قوانين وضعها أهل المدينة وهي تتماشى مع طريقة حياتهم وليس قوانين جائرة كما يراها هو ربما.

فالثقافة والبيئة والقوانين وطريقة الحياة تختلف من بلد إلى آخر، ومن مجتمع إلى آخر وفق معايير كثيرة.

الفن لا يموت

رغم أن الأمر كان يُفطر القلب ولكن "جون بيار" كان يعلم بأنهم إن استطاعوا إحراق لوحة الأميرة "بدور"   فإنهم لن يستطيع فعل شيء أمام صورة الأميرة "بدور" في خياله.

لأنّه كان قد حفظ ملامحها ومازال يحتفظ بها، ولا يمكن أن يتم محو ذلك الجمال من خياله ببساطة.

احترقت اللوحة وكان الجميع يستمتع بذلك المنظر، وهم يشعرون بأنّ أمير العاصمة قد غسل ما فعله جون بيار، وهكذا يكون قد حافظ على شرفه، وشرف كل بنات المدينة، وليس فقط الأميرات وبنات الأشراف وأعيان البلاد.

بعد ذلك تمّ توجيه تحذير لجون بيار لكي لا يعيد تكرار الأمر، كما منع من رسم بنات الأمراء والأشراف وأعيان البلاد.

لم يوجّه له تحذيرا عن رسم الخدم والإيماء والجواري ربما سمح له بفعل ذلك.

وهذا إن عنى شيئا فهو يعني أن أمير العاصمة كان يحافظ على شرفه، وشرف الأشراف وليس يحد من حريّة الفنان، هو يبين له فقط ما هو مسموح وما هو ممنوع.

لم يعرف جون بيار لما كانوا جميعا يتصرفون هكذا؟

لما كل هذا؟

هل كان كل هذا من أجل لوحه؟

بل كان يفكّر بأنّه في رأيّه الخاص كان بالأحرى بهم الإعجاب باللوحة لأن الأميرة بدور كان جمالها سوف ينطق ويقفز من تلك اللوحة.

كان يُفكّر لما يشعرون بالعار فالجمال هو هبة من السّماء والآلهة، والجمال لا يدعو للشعور بالعار أبدا.

الجمال كان مدعاة للفخر والتباهي، وليس للشعور بالعار والخزي.

كان بالأحرى بهم أن يعتزّوا بالجمال وان يتباهوا به، لا أن يخفوه ويمنعوه عن الناس.

لم يستطع أن يفهم وجهة نظرهم، لأنه لم يكن واحدا منهم بل كان غريبا عنهم، وعن حياتهم وتقاليدهم، لم يكن ليفهم ما يدور في خلد أي منهم.

كما أنّه كان يرى بأن هذا الجمال هو من حق الشعب، من حقهم أن يتمتعوا بجمال أميرتهم وان يتباهوا بها، ويتغنوا بجمالها في كل مكان.

كيف يمنعون الناس من النظر والتمتع بذلك الجمال الخلاب.

إنّه أمر غريب فعلا.

الفنان الذي لا يكتفي

كان جون بيار يعلم بأنّ كل الفنانين قد تمّ اضطهادهم من قبل الجاهلين بقيمه فنّهم، وكان يعلم مدى تصلب وتجمد عقول العرب.

ولكنّه لم يعرف لما تم حرق اللوحة؟

لما يمنعون الشعب من رؤية الأميرة، إنها أميرتهم، ويحق لهم رؤيته وجهها والثناء على جمالها الخلاب،

فهو قد سُلب عقله بجمال الأميرة بدور "الأميرة الحسناء بدور"

عندما تمّ إطلاق سراح جون بيار قام برسم الأميرة بدور مرة أخرى، ولم يمتثل لأوامر أمير العاصمة وقراره الذي كان يرى بأنه غير حكيم، وغير منصف بل وجائر في حق الفن.

كان جون بيار يعلم جيّدا بأنّه لا يستطيع عدم الامتثال لأوامر الأمير على أرضه، وفي بلاده ولكن رغبته في رسم الأميرة كانت تطارده.

لقد أعاد الكرّة ولكنه هذه المرة رسمها بشكل مختلف، ليس بشكل مختلف عن شكلها بل بطريقة مختلفة لا تجعله يخالف القانون، ولا يرى أمير العاصمة ومن يؤيده بأن جون بيار يعصى الأوامر أو يتحداهم.

رسمها ولكن ليس كما في السابق بل رسمها بطريقه مختلفة جدا، ولا يمكن محاكمته على فعلته هذه المرة، بل ولا يمكن لهم أن يثبتوا بأنّه يخالف القرار الذي تمّ

إصداره بحقه، لقد رسم الأميرة في عده لوحات هذه المرة وليس لوحة واحدة.

فأصبح للأميرة بدور عدة لوحات.

رسم لوحه بها عيون الأميرة بدور.

رسم لوحه بها انف الأميرة بدور.

رسم لوحه بها وجه الأميرة بدور ولكن بدون ملامح.

رسم لوحه بها شعر الأميرة بدور.

رسم لوحه بها ثياب الأميرة بدور بلا جسد.

رسم لوحه بها جسد الأميرة بدور بلا ثياب، ولا رأس.

رسم لوحه بها رأس وجسد الأميرة بدور بلا ملامح ولا ثياب.

رسم لوحه بها جسد ورأس وثياب الأميرة بدور وبلا ملامح.

رسم لوحة بها ثياب الأميرة بدور بلا جسد ولا رأس.

كما أنّه كان بإمكانه أن يرسم جسدها دون أن يراه،
كان بإمكان خياله أن يوصله إلى صورة جسدها
العاري بدون ثياب، ولكنّه ما كان ليفعل ذلك فقد عوقب
فقط لأنها صورها كما هي، لذا لا يمكنه أن يتصور ما
قد يفعله بها إن فعل مثل ذلك الشيء.

حب وجنون

لقد أصبح جون بيار وكأنه مهووس بالأميرة،
ولكن كلّ من يرى لوحه لوحدها لا يقول إنها الأميرة،
رغم أن هناك بعض الناس الذين كان بإمكانهم التعرف
عليها.

وقد لاحظوا الشبه بين اللوحات والأميرة بدور،
ولمسوا التشابه ولكنّهم لا ينطقون بما رأوه خوفا على
حياتهم.

لم يكن للأميرة علاقة بما جرى، وبما يجري حاليا، وبالرغم من أنها كانت قد رمقته بنظره يوم ذهابها إلى السوق.

نظره قد أذابت قلبه، وبعد ذلك لم تره إلا يوم المحاكمة في ساحة القصر، ولكن من وراء الحجاب شفاف.

لقد كانت في الحقيقة معجبة بإعجابه بها، ومتعلّقة بتعلّقه بها، ومبهورة بأنّه حفظها في ذاكرته ومازال رغم المحاكمة يرسمها بشكل أو بالآخر.

لقد كانت لديها كل أخباره ولكن دون أن يعلم أي أحد بأنها مهتمة بأمره، فلو علم والدها للقنها درسا لن تنساه، وربما لكان قد أنزل بها عقابا لن يعجبها.

لم يتمكن أمير العاصمة من كبح جماح جون بيار، ولم يتمكن من التحكم به، وهكذا كان الحل الوحيد هو أن طلب منه الرحيل عن العاصمة.

لقد طلب ترحيله إلى مارسيليا مسقط رأسه، واصدر

هذا القرار الذي كان أخر الحلول.

أرض الحبيبة هي البداية والنهاية

وعندما حان موعد رحيله والذي لم يكن بعيدا، إذ أن أمير العاصمة كان متشوقا لترحيله، فلم يترك له مجال لكي يأخذ نفسا، أو أن يستمتع بالمدينة أو بفنّه.

أمر رئيس الحرس جنديين لكي يرافقا جون بيار إلى مخارج المدينة.

أمّا بالنسبة لجون بيار فقد كان الأمر صعبا، بل صعبا جدا ولم يهن عليه مفارقة أرض حبيبته.

لقد اكتشف بأنّه قد وقع في حب الأميرة بدور، وقبل أن يغادر أرضها كانت لديه أمنية في قلبه.

الأمنيّة هي أن يرسم حبيبته قبل خروجه من أرضها،ولكن لقد تمّت مصادرة كل لوحات وفرشه، وأوراقه، وأقلامه، وألوانه لذا وعندما أتيحت له فرصه لم يجد بما يرسم أو على ما يرسم.

حتى ذهب أحد مرافقيه لكي يشرب الماء، وقد كانت هناك عين ماء غير بعيدة.

وعند عودة المرافق الذي كان يرى حاله الحب البادية على جون بيار، مما جعله يتعاطف معه فاحضر له معه بعض الدهان.

لقد كانت علب دهان من أحد قاطني ذلك المكان.

أعطاه لجون بيار وقال له:

خذ أيّها الفنان، رغم كل شيء أنا أقدّر فنّك وأقدّر الحبّ الذي يظهر في عينيكِ، وما أنا أفعله هو منافٍ للعقل ومخالفٌ للقانون.

ولكنّني لم استطع الوقوف جانبا، وبدون حراك بينما أرى تعطّشك للألوان والرسم.

جون بيار:

هل هذه من أجلي؟

ولكن لا يمكنني أن أردّ جميلك هذا.

ثم أضاف قائلا:

يوجد هناك نبع ماء، والأهم من ذلك خلفه جدار كبير، يمكنك أن تقوم بتجسيد حبّك أو رسم حبيبتك أو قصّة حبك على ذلك الجدار، فلا يوجد ما يمنع الحبّ أو يقف أمامه.

لقد وجد جون بيار أخيرا من يفهم مشاعره، من يستطيع أن يتفهمه.

الموقف لم يكن سهلا، وكانت هناك مشادّاة من طرف المرافق الثاني الذي لم يعجبه الأمر، ولكن النقاش

انتهى لصالح جون بيار والمرافق الأول، وانتصر
الحبّ وتم السماح لجون بيار بالرسم.

لم يجد جون بيار ما يرسم به، فلم تكن لدية فرشاة لأن الحراس كان قد صادروا كل أدواته ولم تكن متوفرة في أي مكان.

ومن أجل أن يرسم ولا يعيقه أو يمنعه عدم توفر فرشاة، وجد جون بيار كيف يرسم، إذ قام بقص شعره وقد كان يمتلك شعرا أشقر ناعما جذابا.

قصّ خصلات شعر، ثم قام بربط الخصلات على أغصان لملمها من على الأرض بواسطة خيوط من ثيابه وكل ما تلفت الريشة صنع أخرى وهكذا.

لقد صنع ريشات بأحجام مختلفة.

وراح يرسم ويجسد مشاعره على ذلك الحائط ويمزج من علب الدهان ليخرج بمختلف الألوان، لقد أمضي أسبوعا يعمل على ذلك الجدار ليلا نهارا على ضوء مشعل وضوء الشمس، والناس في حيره من أمره، لم يكتف من الرسم حتى تحت أشعه الشمس الحارقة.

العرق يتصبب منه ويسري مع ذلك النبع، نبع عين الماء التي كانت تمدده بطعامه الوحيد فقد كان لا يأكل مهما طلب منه المرافقان اللذان معه، واللذان لم يكونا على خرقهما القانون بعد أن رأيا وشعرا بمدى حبه وعشقه للأمير بدور.

وفي صبيحة اليوم السابع نفذ منه الدهان فأكمل اللوحة من الفجر حتى شروق الشمس، ولكن ليس بدهان بل من دمائه لأنّه كان مصرّا على إكمال اللوحة ومع شروق الشمس.

استيقظ المرافقان ليجدا بأنّه جون بيار مع آخر نفس، وقد أهدر دماءه ليكمل لوحه حبيبته حبيسة قصر الأمير الذي منعه من حبها، ومنعه من التعبير عن حبه للأمير.

قبل أن يلفظ أنفاسه الأخيرة، طلب من المرافقان طلبه الأخير، وهو يتنفس بصعوبة شديدة.

طلب جون بيار بتوسل من مرافقيه طلبه الأخير، طلب منهما طلب عاشق يموت.

طلب محبّ، طلب إنسان، طلب أن يتم دفنه هنا، وإن لم يكن جانب العين المهم على أرض حبيبة تمشي

عليها حبيبته لكي يسمع وقع أقدامها على الأرض التي سوف يصبح تحتها.

لقد وجد المرافقان مكانا لائقا، وقاما بدفنه هناك وحققا له أمنيته الأخيرة.

استغرب الناس ما حدث في مدينتهم، وتكلموا في الأمر، وقد استغربوا ما حدث مع جون بيار ومدى حبه للأميرة، الأميرة التي رسمها على جدار عين الماء.

لقد رسم جون بيار قصر الأمير وفيه الأميرة "بدور" التي كانت تبدو وكأنها سجينة، والتي كانت تظهر بعيده جدا، لأنه كان يرى بأنّها مثال بعيد المنال

وأمل بعيد..

أمل قد لا يتحقق.. وقد لا ينجح..

امل قد لا يرى نور الشمس

وحب بعيد..

حب ربما لن يرى شومس يوم جديد..

حب مستحيل

ولكنه حب لا يستطيع القلب ان يعيش بدونه

فالقلب مريض بعيدا عن هذا الحب وهو في كل يوم
جديد يصبح اضعف واضعف..

تناقل الناس خبر الجدار حتى وصل الخبر إلى الأمير،
الذي تم عزله من منصبه بعد أن وصل أمر الفنان
الفرنسي إلى من هو أعلى منه سلطة فأمر بعزله

لقد تناقل الناس أخبار الأميرة وتكلموا عنها كثيرا،
بسبب إصرار الفنان على رسمها وهذا ما جعل الأمير
يقوم بطلب لوحاته وقام بإحراقها لكي ينفس عن
غضبه.

لم يستطع الأمير أن يمنع الناس من الكلام عن الأميرة،
رغم انه كان قد وده الكثير من التحذيرات للشعب
واعتبر كل من يتكلم عن الأميرة يعتبر مجرما في حق
الدولة وتحب معاقبته،

وبعد أن فشل الأمير في ردع الناس عما كانوا يفعلونه والذي اعتبره تلويثا لسمعته التي لطختها له ابنته الأميرة بدور.

رغم أن الأمير كان يلوم الشعب لعدم طاعته والخضوع لأوامره التي أصدرها بعدم الكلام عن ابنته، وهكذا اعتبر ما جرى كان بسبب ابنته الأميرة بدور التي قد جلبت له العار فبسببها تم عزله وهي أصبحت سيرتها على كل لسان فلطخت له شرفه أيضا.

بعد أن عجز الأمير عن السيطرة على الأمر، قرر أن يجد طريقة أخرى لكي بالسيطرة على الوضع.

وتقول الشائعات بأن والدها قد قام بسجنها في القصر دون حراس، ولا خدم عقابا لها على ما حدث له بسببها ومنذ ذلك اليوم لم يرها أحد ولم يعرف أحد ماذا حدث لها أبدا.

أصبح ذلك القصر سجنا للأميرة، ولم يُسكن بعد ذلك أبدا ويدعي البعض بأنّه وبعد مرور سنوات عديدة، أمكنهم رؤية شبح الأميرة بعيدا في القصر، من بعيد

وهناك شائعات تقول بأنها لازالت إلى هذا اليوم عند عين الماء أيضا لقد حاول الأمير المعزول عدّة مرّات أن يخرب اللوحة أو يهدم الجدار ولكنّه لم يفلح في ذلك.

وهناك شائعات تقول بأنها لازالت إلى هذا اليوم عند عين الماء أيضا لقد حاول الأمير المعزول عدّة مرّات

تفاجأ حسّان بهذه القصة المؤلمة وما حدث لجون بيار
والأميرة بدور بلا أي ذنب، ولكنه أصبح يطرح أسئلة
مُلِحّة لكي يعرف ماذا حدث للأميرة بالضبط.

ويريد أن يعرف لما هناك أمر غريب مريب بشان
اللّوحة فقد رأى الأميرة تتحرك في الصّور لقد فهم
الرجل سي رابح ما يهم حسّان حقا و كان يعرف ما
هي أكثر معلومة تهمّه ولأنه يمتلك الجواب فقد كان
فقط يريد أن ينطق حسّان بالأمر بلسانه.

ولقد قال حسّان ما كان يفكّر فيه وهو أنّه مهتم بأمر الأميرة ويريد أن يعرف ما حدث لها لم يكن للأميرة أيّ ذنب، ولكنّها عوقبت على حب جون بيار لها وعلى جمالها المحرّم، جمال حرم من رؤيته الناس، وحُرمت هي من أشياء كثيرة بسبب جمالها حتى أنّه تسبب في سجنها أو موتها.

أخبره بأن الأمير بعد عزله دخل في حاله من البؤس والذل، وهذا ما جعل أيّ انتقام لا يشفي غليله وقد سرّ عندما سمع بوفاة جون بيار كثيرا، ولكنه مازال يريد أن ينتقم من ابنته التي لم تعارض أوامره يوما، ولم تقم بأيّ أمر منافٍ للأخلاق أو خطأ، قام أحد أقارب الأميرة بإخراجها من القصر حيث كانت مسجونة لعده أيام. وعندما علم الأمير بذلك أراد أن يعاقبها عقابا لا يستطيع أحد أن ينتقم منه هذه المرّة أو أن ينقذها منه.

فكّر الأمير كثيرا بعقاب لابنته يشفي غليله بعد أن استعادها من قريبه الذي حررها من السجن، فسجنها مرة أخرى في غرفه، وفكّر كثيرا بعقاب حتى أشار عليه أحد المستشارين، بعد أن فكّر في قتلها وسجنها ولم يقتنع.

فأشار عليه أن يسجنها في سجن لا تتحرر منه أبدا في مكان لا بابا له ولا نافذة.

فسأله الأمير وقال:

وكيف ذلك؟

لقد كان هذا المستشار ساحرا لأنّه من عادات الأمراء والملوك أن يكون لديهم مستشار أو خادم ساحر، خادم أمين ووزير يجيب على ما يعجز عنه غيره.

فأجابه:

بأنّه ولأن اللوحة التي رسمها على جدار لها قوة خارقة ولم يستطيع وتحطيمها ولا التخلص منها، وذلك لأنّها مرسومه بدماء الفنان.

وعروقه وشعره وثيابه وجزء من روحه.

فهي أنسب مكان لسجن الأميرة فيها.

عجب الأمير بالقصة والفكرة ولاقت استحسانه كثيرا

لأنه أراد الانتقام بشده.

وأخذ الأمير ابنته وهو يضع عليها برنسا في ليله
ظلماء لكي لا يراه أحد.. وقد بعث بأعوانه لإخلاء
المكان.

الذي به عين الماء والجدار الذي عليه الرسم قرأ
الساحر الكثير من التعويذات.

ثم طلب من الفتاه الأميرة أن تنزع حذائها وأن تقف
على ماء العين.

ورمى عليها بعض العقاقير، ثم طلب من الفتاة رغما
عنها التوجه نحو الرسوم على الجدار.

وما هي إلا لحظات حتى اختفت الفتاه داخل الرسم
تاركة وراءها فقط البرنس.

وهذه هي الحقيقة هكذا شعر الأمير ببعض الرضا في أنّه سجن ابنته بلا أمل لها في الخروج يوما.

ومات جون بيار بفعل القدر.

وبسبب الاضطهاد الذي عانى منه.

واختفت وراءه الأميرة بفعل الانتقام.

عرف حسان حينها لما كانت الأميرة تتحرك داخل الرسم هذا لأنها مسجونة هناك.

مسجونة منذ سنين دون أن يدري أحد بحالها أو معاناتها.

أضاف حسّان سؤالا للرجل سي رابح الذي كان يريح
باله بالأجوبة الشافية عن أسئلته فكان سؤاله هذه المرّة.

لماذا لا أحد يعرف هذه القصة الحقيقية.

ولماذا لم يلاحظ أحد أن الفتاه داخل اللّوحة أو حتى
تقدم أيّ كان لمساعدتها وقد مرت 100 سنه.

هنا جاء دور حكم سي رابح وأخبره بأن بالنسبة للقصّة والسرّ فيها، فهذا يرجع بطبيعة الحال إلى أن الأمير الذي حاول طمس الحقيقة وإخفاء ما لحق به من عار، وذلك بسجن ابنته ثم قطع لسان كل من يأتي بالسيرة أو الموضوع.

وحتى أنّه في ذلك الوقت سابقا كان يهدد بقطع راس كل من ينظر للرسم عندما يأتي أي شخص يشرب الماء مثلا ويقول بأنّه رأى الأميرة في اللوحات.

وهكذا حتى أصبح الناس من شده الخوف لا يعيرون اللّوحة على الجدار أي اهتمام.

وقد قام بإلقاء تعويذه لكي لا يتم أي نبش في الماضي، ولا الواقعة ولا الحادثة ولا أتكلم في الأمر لذا لم أنت تجد أيّة أحداث تقص، ولا أحدث ولا قصة ولا تفاصيل.

لذا أنت لم تجد أيّة معلومة وهذا ما جعل الأمر منفيا منسيا أمّا بالنسبة للأميرة داخل اللّوحة فإنّه كان غير ممكن لأيّ شخص ملاحظة وجودها وذلك بسبب السحر، وتلك التعويذة.

لقد كان لدى والدها ساحر قويّ، وهو الذي كان يحقق له كل الأمور التي يطلبها.

وأصعب وأكبر طلب هو إخفاء الأميرة من الوجود، ودفن سيرتها معها لكي لا تتم الإشارة إليه بين الناس.

فقد فسدت سمعته التي كان يفتخر بها ويتباهى بها أمام الأعيان والوجهاء في المدينة.

لذا هو قرر أن يعاقبها عقابا تعيش معه وبه وليس عقاب لحظي وينتهي.

لم يكن قتلها قد ليشفى غليله، وقد دمرته ودمرت سمعته، رغم أن ذلك كان دون قصد منها، ولكنّ الأمير

لم كن ليفهم ذلك لأنه كان يرى بأنّها هي السبب في
كل ما جرى له.

لذا كان يجب أن يجد طريقة لكي يعاقبها وكانت تلك
الطريقة هي الطريقة الأنسب.

ولكن لم يمكن لشخص أن يراها، إلا شخص يمتلك
ذائقه معيّنة يحب هذه البلاد، وهو ليس من أهلها
شخص سوف يشعر بوجودها بشكل أو بآخر كما أنّه
يكن لديه إسرار على معرفه الحقيقة في هذا المكان.

يرابط في هذا المكان، وينافس بطيبته حب جون بيار
للأميرة، هو أيضا لم يكن يعرفها جيدا، ولم تُتح له

الفرصة لكي يتعرف عليها، أو حتى مكالمتها، شخص قد يهتم بها دون أن يلاحظ جمالها، شخص سوف يشعر بجمالها متجددا في اللوحة حقا.

دون أن يراها حقا.

شخص يهتم بها ويبحث في أمرها، شخص يمكنه وحده أن يساعدها وبمساعدته لها، يمكنها أن تتحرر بعد مرور كل هذه السنوات.

تساءل حسن:

ما إذا كان هو الشخص المقصود بكلام سي رابح الذي أجابه بنعم.

وأخبره بأنّه هو الوحيد الذي يستطيع إطلاق سراح الفتاة من سجنها، كما أنّه قد فتح نافذة عليها يوم أخذه لها صورة وراءها تتحرك.

وهذا دليل على تفاعلها مع الأمر.

كان سؤال حسّان الموالي هو كيف يمكنه مساعده الأميرة بدور.

وماذا سيكون مصيرها.

كيف وإلى أين سوف تذهب ومتى.

وما هي الأمور اللازمة لتحرير الأميرة.

وهذا ما جعل الشيخ يشرح له الأمر بالتفصيل.

فكان الأمر كالآتي:

في ليله مقمرة والتي كانت ستحل بعد ثلاثة ليالي،
يجب على حسّان أن يقضي تلك الليلة أمام اللوحة
الجداريه حيث سيكون الناس منشغلون باحتفالات عيد
النصر، في تلك الليلة على حسّان أن يقوم بالتضحية.

عليه أن يضحي بقليل يجعله يتصبب عرقا وأن يقوم
بإضافة رسم للوحه مثل باب أو نافذة تتمكن الذي

سوف يتواجد هناك تلك الليلة، لكي يقرأ له بعض القراءات لفكّ السحر وتحرير الأميرة من اللوحة على حسّان أن يضع الريشة من شعره، وأن يرسم بدمائه العينين ومياه النبع العين.

وأن يرسم وهو مغمض العينين عليه أن يرى بعينين مغمضتين مكان الأميرة.

ويحدد أين هي بالضبط؟

فيرسم لها بابا أو نافذة ولا يهم حجمه لأنه بالمعنى المعنوي يفتح لها طريقا للخروج.

وأن يرسم من قلبه وبأحاسيسه، أي أن يستعمل مشاعره في الرسم حتى وإن لم يكن فنانا فالرسم بحبّ سوف يوصل الرسالة ويفتح لها الطريق.

كما أن رسم باب أو نافذة لم يكن بالأمر الصعب جدا على حسّان.

أخبره أن التضحية كبيرة سواء على حسّان نفسه أو على الأميرة بدور.

وسأله لمرة جديدة:

هل أنت مصرّ على فعل هذا إذ أنّه لا أحد يطلب منك أو يضغط عليك، وقد يحدث أمر سيء لا سمح الله.

كان حسّان مصرا ومتأكدا من قراره واختياره وإقدامه، رغم كل المخاطرة والتخوّف من أيّة انعكاسات وهذا لشدة حبه للمكان والسرّ وراء ذلك حبه للأميرة.

وكانت هناك ملاحظه أخيره قالها السيد سي رابح لحسّان أخبره بأنهما يقدمان على تحرير الأمير.

الأميرة بدور حسناء وجميلة الأميرات في عصرها.

ولكن لقد مرّت سنوات على ذلك، كما أن جمالها كان لعنة عليها، والسحر كان له أيضا أثر عليها سوف تبدو مختلفة بعض الشيء، وسوف يصبح لهذا الاختلاف بعض الأثر عليها وعلى شكلها وجسمها.

فهي لم تخرج كما دخلت في اللوحة بل سوف يصبح لهذا الاختلاف تأثير.

ولأنّه كل ما أغرم بها أحد أو نظر إليها كان يعاقب، وعندما يتم تحريرها يمكن لحسّان أن يعبّر لها عن حبه لها وإعجابه بها وهكذا سوف يمتلكها إلى الأبد وتعيش معه بقيه حياتها.

أما إذا..

لقد قال السيد سي رابح:

"أمّا إذا" وحرص على جملة، "أما إذا" فأعادها مرتين

وفي الثالثة قال له:

"أما إذا" حدث أمر ما، وشعرت الأميرة بأنّها لم تعد جميلة أو لم تعد مرغوبة، فسوف يحدث أمر سيء للغاية.

سأله حسّان عن معنى هذا الحديث وقال:

ماذا تقصد؟

فأخبره بما يجب عليه فعله وقال دون كثير التفسير:

عليك أن تتقبلها كما هي.

وان يراها جميلة، حتى وان كانت هي أصبحت على خلاف ذلك.

لأنها دائما تعوّدت على أن يراها الناس بإعجاب وحب

كان حسان يفكر في كلام الرجل، الذي لم يشأ الدخول في التفاصيل والتفاسير أكثر أو ربما لم يكن يعلم أكثر والمعلومة التي لديه قد قالها باختصار.

كان يفكّر حسّان لما على الرجل أن يقول هذا الكلام،
فالأميرة معروفة ومشهورة بجمالها، كيف لي أن لا
أراها جميلة؟

هذا كلام غير معقول.

وهكذا تمّت الترتيبات وبشوّق وحسّان والسيد سي
رابح ينتظران الوقت الموعود.

وفي الليلة المُقمِرة وبعد منتصف الليل، اجتمع حسّان
وسي رابح عند العين القصبة.

وقاما بتلك الطقوس وراح حسّان يرسم بدمائه وبريشة
صنعها من شعره وهو مُغمض العينين مُتشوّق لكي
يرى حبيبته تخرج من ذلك الجدار.

لكي يعبّر لها عن حبه.

لقد كان متشوّق لرؤيتها والكلام معها.

كان يشعر بمشاعر فيّاضة ومتشوّق لأن يراها ويكلمها ويلمسها.

لقد كان أمرا من الخيال، أميرة من عصر آخر تخرج من داخل لوحة على الجدار.

تأخّر حسان كثيرا وهو يرسم ولا يعلم هل هو واع أم أنّه في غير وعيه يبدو أنّه طوال تلك الفترة، وهو يرسم كان قد دخل إلى القصر، وحارب ودخل حرب ضارية مع حراس الأميرة من العالم الآخر، فقد كان هو الفارس الذي جاء لإنقاذها.

لم يتمكن حتى من رؤية الأميرة، ولكنّه كان يعلم مكانه بالضبط، فقد كانت قراءته تساعده على الوصول إلى مكانها بالضبط وهو يحارب والعرق يتساقط منه و يمتزج بدمائه التي يرسم بها وبمياه العين.

واصل النضال حتى وصل إليها.

فتح الباب حطمه بقوة، ووجد الأميرة بدار لم يتمكن من رؤية وجهها، ولا كل جسمها كانت تحت برنس ولا يظهر منها إلا القليل، أمسكها من يدها اليمنى وعاد بها.

اقترب الفجر من البزوغ، وحسّان يكاد يُكمل رسم الباب ومع آخر نقطة في رسمته خرجت الأميرة بالفعل من الباب الذي رسمه هو، وكأن أحدا يمسك بيدها اليمنى، بينما كانت هي وحسّان يحلقان بعيدا قليلا ينظران إلى ما يحدث.

كانت الأميرة جميله جدا تقدم إليها حسّان وهي تضع رجليها على مياه العين.

ونظر إليها لكي يخبرها عن مدى حبه لها، ومدى جمالها كما طلب منه السيد رابح سابقا.

صار يتأملها وهو مبهور.

وفجأة عُقد لسانه عن الكلام.

لقد عُقد لسانه عندما رأى ذراعها الأيسر، وجزء من رقبتها وقد أصبحت تشبه الحجر تماما تلك الأجزاء من جسمها.

لقد تغيرت طبيعة بشرتها التي كانت ناعمة وجميلة، ولينة وتحولت طبيعتها إلى حجرية جافة متشققة.

لقد كان يعتقد بأنها جميلة جدا، بل كان يؤمن بأنها جميلة وكان ينتظر أن يراها وجها لوجه، وكبشرية واقفة أمامه لكي يتغزل في جمالها.

لقد سمع عن جمالها الذي سلب العقول، وأذاب القلوب

لقد سمع الكثير في حكاية الرجل الصالح.

وكان يعلم بأن جون ماري قد ما مات في سبيل حبها،
وقد كان حبه لها هو السبب وراء اضطهاده ومحاربته
هو أنّه قد عبر عن جمالها.

ذلك الجمال الذي كان محرما على الناس النظر إليه.

الجمال الأميرالي الخالص والنقي والعالي والذي لا
يدنس بالنظر إليه.

ذلك الجمال الذي حوربت الأميرة بسببه وعوقبت
وسجنت.

لقد كان حسان متشوقا لرؤية ذلك الجمال وليس فقط
لرؤية الأميرة نفسها.

كانت تبدو تلك الأجزاء من جسدها غريبة كأنها ليست
من دم ولحم لقد تحجر جزء منها، وعندما لم ينطق
بكلمة واحدة انفجرت عيون الأميرة بالدمع، وفجأة
تحولت هي إلى مياه.

وسالت مع نبع عين القصبة وفراق ولقاء.

وأصبحت مياهها مُقدّسه مليئة بالحب الحنين والألم

لقاء وفراق، وفراق ولقاء هي مياه عين القصبة.

دموع تروي عطشا المشتاق.

وعيون لعاشق مشتاق هي تشتاق.

لقد تردد حسّان دون أن يقصد ذلك، فخسر حبيبته أمّا هي فقط تحررت من سجن الحياة إلى حرية الموت.

وكان جمالها لعنة لوجودها بوجوده وبذهابه وكان فراقها مع الأحبة مكتوب عليها.

سجنت بسبب حب جون بيار لها وتحررت بفضل حب حسان لها.

حرمت من جون بيار بموته وأراده والدها.

وحرمت من حسّان بموتها وتدبير القدر.

لم يستطيع حسّان أن يستوعب ما حصل فانعصر قلبه وضعفت نبضاته وقبضت روحه لتلحق في نفس اللحظة بروح حبيبته الأميرة بدور.

علهما يلتقيان في عالم الأرواح.

حيث الحرية والأبدية.

والحب حق مشروع ومباح.

عالم لا سحر فيه ولا ساحر.

ولا مسجون ولا سجّان.

ولا حرس من إنسان ولا جان.

عالم لا نعلم عنه إلا القليل، ولكن الكثير الذي نعلمه عن عالمنا يرهق الأرواح.

ويتعب القلوب ويشعل الحروب.

ولا سبيل منه للهروب إلا إلى عالم مجهول.

يبدو أن حسان فعلا قد أحب الأميرة، وقد غاب تفكيره للحظة لكي يختلط عليه الأمر، وينتظر أن يرى جمالها بدل أن يراها هي، وهي التي سعى لإنقاذها وتحريرها من سجنها الذي بقيت فيه لسنوات طويلة.

لقد أحبها فعلا ومن أول لحظة ومن أول لمحة، منذ أن كان يعتبرها المارة مجرد لطخة أو بقعة في اللوحة على الجدار ولكنّه هو استطاع أن يراها.

لقد رآها بعينيه ورآها بقلبه ورآها بروحه.

وحررها وتحررت روحه معها.

لم يستطع أن يعيش بعدها، فمات معها في نفس اللحظات

لقد لحق بها بإرادة من قلبه وروحه.

لم تستطع كل القلوب التي عشقت الأميرة بدور أن يعيش بدونها.

قلوب أحبت بصدق ولم تستطع أن تنبض بعيدا عن سبب النبض من أجل الحياة.

قلوب أحبت الأميرة بدور وعيون عشقت جمالها.

حرم الناس من رؤيتها.

وحرم العشاق من وجودها ومن قربها.

وظلم الجميع وحرموا من الحياة.

ولكن لا حياة للعاشق بدون معشوقه.

Sommaire